LA

PROPRIÉTÉ LITTÉRAIRE

ET ARTISTIQUE

PUBLICATION

DU COMITÉ DE L'ASSOCIATION

POUR LA DÉFENSE DE LA PROPRIÉTÉ LITTÉRAIRE

La propriété littéraire est une propriété.

ALPH. KARR

Prix : 30 centimes

PARIS

LIBRAIRIE DE L. HACHETTE ET Cie

RUE PIERRE-SARRAZIN, N° 14

ET CHEZ LES PRINCIPAUX LIBRAIRES DE LA FRANCE

Janvier 1862

LA
PROPRIÉTÉ LITTÉRAIRE
ET ARTISTIQUE

PUBLICATION
DU COMITÉ DE L'ASSOCIATION
POUR LA DÉFENSE DE LA PROPRIÉTÉ LITTÉRAIRE

La propriété littéraire est une propriété.
ALPH. KARR.

PARIS
LIBRAIRIE DE L. HACHETTE ET Cie
RUE PIERRE-SARRAZIN, N° 14

Janvier 1862

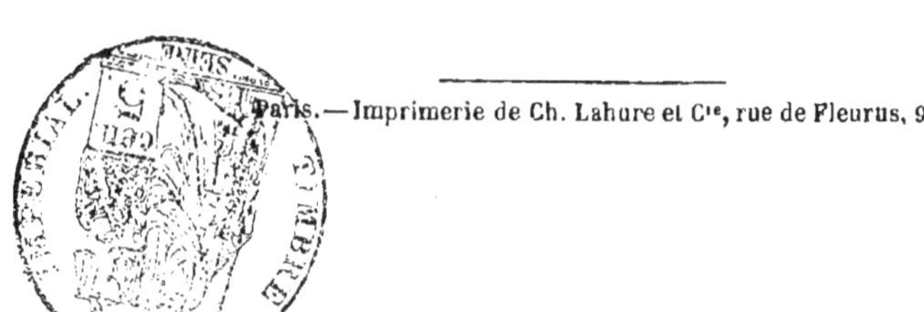

Paris. — Imprimerie de Ch. Lahure et Cie, rue de Fleurus, 9.

La propriété littéraire est une propriété.

C'est une formule aussi simple que complète, rendue célèbre depuis longtemps par un écrivain sensé et spirituel.

Si la volonté hardie et intelligente qui, par le décret du 28 mars 1852 avait tranché d'un mot toutes les difficultés relatives au droit international des écrivains, avait pu procéder de la même façon, elle aurait encore, cette fois-ci comme la première, entraîné à sa suite, par le seul ascendant du droit et de la vérité, toutes les législations de l'Europe.

Mais quoiqu'on ait suivi une marche plus lente et plus circonspecte, nous demeurons convaincus que la Commission nommée par le décret du 28 décembre dernier, fidèle aux sympathies hautement déclarées du gouvernement, ne bornera pas son rôle à une simple prolongation de la durée de la propriété littéraire telle qu'elle existe aujourd'hui, et que, s'inspirant de toutes les idées émises dans ces derniers temps sur la légitimité de cette propriété, elle la consacrera définitivement par une formule qui fera disparaître complétement l'idée de privilége pour y substituer l'idée de droit. C'est le vœu, c'est l'espoir, non-seulement des écrivains et des artistes, mais de tous ceux qui ont à cœur les intérêts de la justice et l'affermissement des grands principes sociaux.

Nous avons pensé qu'il serait utile de résumer en quelques pages et de réfuter une dernière fois, les principales objections qui se sont produites dans toutes les assemblées où il a été question de remettre la propriété littéraire à la place que notre ancien droit coutumier lui attribuait, et que la justice lui assigne.

Tel est l'objet des réflexions qu'on va lire.

LA
PROPRIÉTÉ LITTÉRAIRE
ET ARTISTIQUE.

I

Ce n'est pas un intérêt que nous défendons, c'est un droit. L'intérêt est médiocre, le droit est capital : ce n'est rien moins que le principe même de la propriété. Il n'est pas une des raisons alléguées par les philosophes et par les jurisconsultes pour démontrer la légitimité du principe de la propriété, qui ne s'applique dans toute sa force à la propriété intellectuelle ; et toutes les objections de quelque valeur que l'on élève, un peu légèrement peut-être, contre la propriété intellectuelle, peuvent être également invoquées contre toute espèce de propriété. Tant que la question n'a pas été soulevée, cette anomalie d'une propriété méconnue, foulée aux pieds dans le triomphe de toutes les autres, pouvait être sans grand dommage pour l'ordre social ; mais aujourd'hui que le débat est engagé, il importe à tout le monde de comprendre nettement la situation. Au congrès de Bruxelles, un orateur fort habile et fort logique a déclaré en propres termes « qu'il y avait

bien assez de propriétés comme cela, et qu'il aime-
rait mieux détruire celles que nous avons que d'en
créer d'autres. » C'est bien raisonner. Si on attaque
le principe même de la propriété, que la propriété
intellectuelle soit emportée dans le naufrage commun ; mais il ne faut pas que, dans leur ardeur de
combattre un droit nouveau qui demande à être
reconnu, ou, pour parler plus exactement, un droit
ancien, un instant négligé, et qui demande à re-
naître, les défenseurs habituels et éprouvés de
l'ordre social empruntent leurs négations aux communistes.

En effet, que disent les philosophes qui ne fon-
dent pas toute leur doctrine sur la peur du mouvement et le respect du fait accompli ? Ils disent que
la propriété légitime participe à l'inviolabilité de la
personne humaine, dont elle est le développement ;
que ses droits sont identiques à ceux du travail,
dont elle est le fruit ; qu'acquise au prix de l'épargne, elle ajoute à sa légitimité originelle la sainteté,
l'inviolabilité du sacrifice, et qu'enfin, dans l'ordre
des faits, elle est à la fois la condition, l'instrument
et la garantie de la liberté. Voilà ce qu'ils disent et
avec pleine raison pour la propriété d'un champ ou
d'un meuble. Sans cette inviolabilité de l'œuvre et
de l'épargne, c'est-à-dire, en un seul mot, sans cette
inviolabilité de la propriété, la justice n'aurait plus
de matière, le nom même de la société périrait, et
l'humanité serait abandonnée aux jeux de la force.

On le demande à tout homme qui sait réfléchir :
quel est celui de ces caractères qui ne se rencontre
pas au plus haut degré dans la propriété intellectuelle ? Est-ce que l'idée qui sommeillait dans la
conscience humaine, et que des vers inspirés font
resplendir comme un phare, n'est pas la création

du poëte ? Est-ce que les fantômes évoqués par son imagination, rendus vivants par elle, et qui portent la pitié ou la terreur dans l'âme du lecteur, ne lui appartiennent pas en propre, comme un enfant appartient à son père ? Dans l'analyse des passions, n'est-ce pas son âme elle-même que le peintre exprime ? Faut-il moins de travail et un travail moins relevé pour féconder une idée que pour arracher une moisson à la terre ? Si le laboureur déchire ses mains aux ronces et use son corps à la queue de la charrue, l'écrivain ne connaît-il pas les veilles meurtrières, le travail acharné et sans trêve ? Au lieu de jouir de la vie et de dépenser ses facultés à s'enrichir, il renonce, savant, à l'industrie ; avocat ou médecin, à sa clientèle ; se condamne à pâlir vingt ans sur un manuscrit, à vivre pauvre, inconnu de tous, ignorant même si l'œuvre répondra à ses espérances, si la vérité viendra à son appel ; et cette vie de travail, d'obscurité, d'indigence volontaire n'équivaudra pas à la stérile épargne de l'avare, qui ne profite qu'à lui ? On arrachera à cette grande intelligence, à cet infatigable ouvrier, à ce martyr, les fruits de tant de force, et de tant d'énergie, et de tant de sacrifices ; et il sera juste de lui refuser l'indépendance que donne la propriété, quand on croirait violer les lois divines et humaines si l'on dépossédait le laboureur de son champ ou l'avare de son trésor ? La seule différence qui sépare la propriété intellectuelle de toutes les autres, c'est qu'elle coûte plus de travail, qu'elle demande plus de sacrifices, qu'elle tient plus intimement et plus profondément à nos entrailles, qu'elle exige l'emploi de facultés incomparablement plus hautes. En un mot, s'il y avait des degrés dans le droit, la première de toutes les propriétés serait la propriété intellectuelle.

On met hardiment au défi ceux qui la contestent d'oser invoquer ensuite pour les propriétés d'une autre nature les droits de la personnalité humaine, ceux du travail, de l'épargne, de la liberté. Ou les arguments ordinaires des défenseurs de l'ordre social ne sont qu'une vaine rhétorique dont ils sont les premiers à se railler, ou ils doivent accepter dans la famille ce nouveau venu qui n'aurait jamais dû en être banni. Ils croient s'opposer à une innovation, et dans le fait c'est à l'ordre qu'ils s'opposent, c'est à la justice, c'est à la société. De quel droit iront-ils adresser à nos communs adversaires un langage qu'ils auront méconnu et raillé dans notre bouche ?

II

Il n'y a qu'une seule objection contre ce raisonnement, c'est-à-dire contre l'assimilation que l'évidence établit entre la propriété intellectuelle et les propriétés d'une autre nature. C'est que l'auteur, dit-on, n'est auteur qu'à demi ; il a pour collaborateurs tous les écrivains qui l'ont précédé, et l'humanité elle-même, qui porte d'abord dans son sein les idées qu'un auteur exprime. S'il raconte, il copie ; s'il croit inventer, il se souvient. Une idée neuve n'est qu'une idée arrivée. De vague, elle se fait précise. L'auteur croit trouver une idée, et il n'en trouve que la formule. Admirable objection, qui ne suppose qu'une chose ; un rien à la vérité, une misère : c'est que l'humanité, partie intervenante dans la production littéraire, est étrangère à tout autre développement de l'activité humaine. Quand Virgile écrit l'*Énéide*, c'est parce qu'il a profité de la lecture d'Homère; mais quand un paysan creuse la terre pour y semer de l'orge, c'est bien lui et lui seul, cette fois, qui travaille; la moisson sera bien à lui : il n'a pas de copartageant, car il n'a pas de collaborateur. Cependant, qu'on y songe : est-ce lui qui a deviné la nature de semence propre à ce sol? qui a eu l'idée de le fumer avant les semailles, d'y conduire de l'eau par une pente bien ménagée? La charrue qu'il emploie est-elle un instrument forgé de ses mains, et dont l'invention est due à ses facultés créatrices? S'il a mis les bœufs sous le joug, pour l'aider dans son travail, n'est-ce pas parce que son père l'a fait avant lui, ou parce que ses voisins le font à côté de lui? Ne doit-il rien à la loi qui veille invisible sur sa semence jusqu'à l'éclosion, et sur ses épis jusqu'à l'engrangement? On rougirait de lui contester son droit, et c'est à merveille; mais pourquoi ne rougit-on pas de contester celui de Corneille et de Montesquieu?

Les hommes de génie ont été souvent méconnus, c'est l'histoire de tous les siècles; mais peut-être ne s'était-on pas avisé jusqu'ici de méconnaître le génie lui-même. On croyait généralement que les hommes de génie étaient les bienfaiteurs de l'humanité : c'est le contraire qui est le vrai. Un auteur de génie n'est qu'un coryphée à qui la foule daigne permettre de prendre la parole au nom de tous. C'est beaucoup d'honneur pour lui. Cette faveur qu'on lui accorde ne lui donne droit à rien de plus. La faute est à lui seul, s'il meurt pauvre après s'être illustré. Pourquoi n'a-t-il pas défriché un champ ou dirigé une usine? A ce prix, personne ne lui aurait disputé le fruit de son travail; il aurait vieilli honoré dans sa maison ou dans son château, au lieu d'aller mourir dans un hôpital.

Le travail, quel qu'il soit, est honorable ; ses fruits sont sacrés ; nous croyons fermement que la société doit respect et protection au laboureur, à l'ouvrier ; mais ce n'est pas exagérer, à ce qu'il semble, que de demander à notre tour la même protection et le même respect pour l'artiste, le savant et le poëte. Le public est plus juste que les ennemis de la propriété littéraire ; et si on lui demande qui a fait les vers de Victor Hugo et de Lamartine, il répond sans hésiter que c'est Lamartine et Victor Hugo. On l'étonnerait beaucoup, et peut-être l'amuserait-on un peu, en lui disant que c'est lui-même.

Laissons donc de côté une objection qui semble avoir pour but de conserver l'injustice en supprimant le remords. En voici une qui a au moins l'excuse de reposer sur un principe vrai, et d'invoquer un intérêt sérieux.

III

Quelque respectables que soient les droits de la propriété, nous dit-on, elle peut et doit être limitée dans l'intérêt général, comme la liberté dont elle est l'expression concrète. Or, de toutes les propriétés, celle qui importe le plus à la société et dont elle peut le moins se dessaisir, c'est la propriété intellectuelle. C'est par les idées que l'humanité fait son chemin à travers les âges ; qu'elle acquiert chaque jour une plus grande possession d'elle-même, une domination plus complète sur les forces matérielles. Ira-t-elle, par un respect exagéré du droit de l'individu, se condamner à dépendre, dans son intérêt le plus essentiel, de la volonté d'un de ses membres ? Une idée une fois émise ne cesse-t-elle pas d'appartenir à celui qui l'a conçue, pour devenir le patrimoine de toutes les intelligences ? La vérité est à tous les hommes, comme la lumière du soleil, ou comme l'air respirable, et le fait de l'avoir aperçue le premier, ne donne sur elle à l'inventeur aucun privilége. Jamais Platon, ni Aristote, ni Descartes, ni Newton n'ont eu le droit de dire : « ma vérité. » Christophe Colomb lui-même, quand il a découvert l'Amérique, n'a pas dit : « mon nouveau monde. » Ces grands hommes n'avaient droit qu'à des honneurs et à des récompenses, mais non pas à une prise de possession dont la pensée elle-même est absurde.

Présentée sous cette forme, qui revient souvent dans la polémique, l'objection ne nous arrêtera pas longtemps. Quand elle est faite de bonne foi, elle est tout uniment une méprise. Que l'on revendique la propriété d'un procédé industriel ou d'une fiction, cela se conçoit ; où est le mal ? à chacun le fruit de ses œuvres. Les adversaires de la propriété intellectuelle ne sont pas apparemment les défenseurs de la contrefaçon. Mais la revendication d'un fait ou d'une idée, qui a jamais songé à telle chose ? Quel naturaliste a jamais réclamé un brevet pour parler tout seul d'une espèce jusqu'à lui inconnue ? Où est le savant qui, en publiant le premier une vérité, en a revendiqué la propriété exclusive ? Ce qui appartient en propre à l'auteur, ce n'est pas l'idée, c'est le livre, c'est-à-dire la forme dont l'idée a été revêtue. La distinction de l'idée, qui est à tout le monde dès qu'elle est exprimée, et du livre, qui n'appartient qu'à son auteur, se fait tous les jours sans difficulté par les auteurs, par les éditeurs, par les tribunaux de commerce, par les magistrats de l'ordre judiciaire ; personne ne s'y trompe dans la pratique, personne ne s'aviserait ailleurs qu'ici de l'attaquer en principe : pourquoi donc la méconnaître quand il s'agit de combattre théoriquement la propriété intellectuelle ? N'est-ce pas déshonorer une cause que de recourir à de si puériles équivoques ? Bannissons-les pour toujours de cette polémique. Ne souffrons plus qu'on nous reproche des énormités que nous n'avons pas songé à émettre. Un fait, une vérité sont toujours du domaine commun. C'est votre avis ; c'est aussi le nôtre. Il faut que cela soit ; il est impossible que cela ne soit pas. Ce n'est pas seulement parce que l'humanité a besoin de l'idée ; c'est parce que l'idée est de sa nature inaliénable, parce qu'elle ne peut devenir la propriété de personne. Laissons de côté une bonne fois cette rhétorique qui porte à faux. Laissons là les idées et les faits dont il ne saurait être question ; et, puisqu'il s'agit du livre, parlons du livre, et de lui seul.

Personne, à ce qu'il semble, n'a encore pensé à contester à un auteur vivant la propriété de son livre. Il y a plus, la législation française étend cette propriété à trente ans après la mort pour les enfants, et à dix ans pour les ayants cause autres que les enfants ou l'épouse. Beaucoup de personnes s'imaginent que si cette prolongation était étendue à cinquante ans, et si cette propriété viagère accordée aux auteurs était débarrassée dans l'application de toutes les anomalies dont elle est aujourd'hui surchargée, les partisans de la propriété intellectuelle auraient reçu satisfaction pleine et entière. Ils n'auraient reçu aucune satisfaction. Ils ont un droit qu'on leur confisque ; sur cette confiscation, on daigne leur accorder à titre de privilége ou de récompense, une part arbitraire, qui sera plus ou moins large selon la fantaisie du législateur; mais, quelque large qu'on la fasse, ils n'en sont pas moins expropriés. De propriétaires qu'ils sont en vertu de la justice, ils deviennent simples concessionnaires en vertu d'une loi mal faite. On dit que leurs intérêts n'en souffriront pas, et nous prouverons que c'est là une erreur; mais quand ils n'en souffriraient pas, n'est-ce donc rien que de voir substituer un privilége à un droit, d'être soumis à toutes les variations, à tous les caprices de la législation, au lieu de s'appuyer sur un principe immuable? N'est-ce rien pour la propriété intellectuelle? N'est-ce rien pour la propriété en général? De quel air ceux qui allèguent cette prétendue innocuité viendront-ils défendre ensuite la propriété d'un domaine contre les argumentations empruntées à l'arsenal des communistes? La propriété ne suppose-t-elle pas le droit de vendre, de donner, de léguer, et cela à perpétuité? Si on le nie pour une propriété quelconque, vous jetterez les hauts cris, vous direz que tout est perdu; et vous le niez pour la propriété intellectuelle? Vous avez donc deux poids et deux mesures? Ou plutôt vous n'avez que des intérêts et point de droit : car un droit qui n'est pas égal pour tous, cesse d'être un droit. Si une propriété qui a tous les caractères communs à toutes les propriétés n'est pas sacrée, aucune propriété n'est sacrée. Vous n'oserez pas dire assurément que la perpétuité n'est pas de l'essence de la propriété; et voici pourquoi vous ne l'oserez pas; c'est qu'en le disant, vous craindriez trop d'être entendus!

Vous serez donc réduits à soutenir que, dans le cas particulier dont il s'agit, l'intérêt de la société

est si grand qu'il prime tout, même le droit indivi-
duel. Seulement, prenez-y garde, ce principe est dan-
gereux, il est terrible. Quand vous l'aurez proclamé,
en aveugles que vous êtes, pour nous dénier notre
droit, ne croyez pas qu'on le laisse tomber dans
l'oubli. On vous combattra avec vos propres paroles
quand vous voudrez défendre le principe même de
la propriété. Si vos ennemis sont habiles, et ils le
sont, ils vous imiteront jusqu'au bout : ils distin-
gueront, comme vous le faites, entre les diverses propriétés, pour les priver de l'invincible force qu'elles
doivent à leur solidarité. Vous n'aurez alors qu'une
seule défense, c'est de dire que toutes les propriétés
reposent sur le même principe, et qu'on les ébranle
toutes quand on touche à une d'entre elles. Mais si
cette réponse est invincible, comme nous le croyons,
pourquoi nous attaquez-vous quand nous ne disons
pas autre chose ?

Il y a sans doute une loi d'expropriation pour cause
d'utilité publique, loi délicate, singulière, qui limite
et contredit le principe de la propriété, loi dange-
reuse, qui peut aisément devenir oppressive, si elle
n'est pas entourée, dans l'application, des précautions
les plus minutieuses et les plus sévères; loi nécessaire pourtant, puisque la propriété d'un seul pourrait dans certains cas gêner la propriété de tous. La
loi restreint la propriété dans l'intérêt de la propriété comme elle restreint la liberté dans l'intérêt
même de la liberté. Si c'est ce principe qu'on in-
voque, nous n'y contredisons pas. Soit; nous ne
demandons aucun privilége pour la propriété intellectuelle, nous ne voulons que le droit commun.
S'il est démontré que dans certains cas, la commu-
nauté, c'est-à-dire l'État, ait intérêt à exproprier un
auteur, qu'il l'exproprie; mais alors qu'il l'exproprie

de la façon dont on exproprie un propriétaire; que
la nécessité de l'expropriation résulte d'une loi ou
d'un décret impérial; que les formalités administra-
tives soient observées; que les tribunaux prononcent,
et que le propriétaire évincé soit préalablement
indemnisé dans une proportion équitable. Voulez-
vous qu'il y ait deux sortes d'expropriation pour
cause d'utilité publique : l'une respectueuse, légale,
onéreuse pour l'acquéreur, et qui est plutôt une
transformation qu'une suppression de la propriété;
l'autre violente, brutale, générale, frappant sans
distinction toutes les propriétés littéraires, et, au
lieu de les acheter, les confisquant ?

IV

Mais c'est, dit-on, que si la propriété est étendue
au delà de dix ans, ou de trente ans, ou de cinquante
ans, il pourra se trouver des héritiers qui suppri-
meront le livre, ou le mutileront, ou tout au moins
en augmenteront le prix vénal par leurs exigences.
Voilà l'objection dans toute sa force. On nous accorde que la propriété littéraire est une propriété
comme toutes les autres; on professe le plus profond
respect pour les écrivains; on se montre très-préoc-
cupé de leurs intérêts et de leurs droits; mais on
tremble pour le livre.

Voyons si cette appréhension est sérieuse. Pour
que le propriétaire d'un livre le supprime, il faut
qu'il renonce à deux choses qui sont assez chères
à la plupart des hommes : la gloire et le profit.
On peut affirmer au moins que les exemples de
telles suppressions seront rares. La suppression,

quand elle aura lieu, sera-t-elle définitive? Supprimer, quand il s'agit d'un livre déjà imprimé et vendu, cela veut dire refuser de faire une édition nouvelle. Qu'on ne parle donc plus de suppression; ce n'est qu'une interdiction momentanée de la vente. Le malheur dont on nous menaçait se réduit, comme on voit, à des proportions bien humbles. Il s'en faut que le domaine public soit un asile plus sûr. Le livre, en y tombant, perd son protecteur en même temps que son maître; et le propriétaire, s'il a ses inconvénients, a ses avantages aussi. L'éditeur le plus actif est obligé de répartir son intérêt sur un grand nombre d'ouvrages : un propriétaire ne s'occupe que du sien; il surveille l'édition, dispose les annonces, sollicite les journalistes; il est aux aguets pour que le livre soit réimprimé à propos et que la vente n'en soit pas interrompue. L'ouvrage a beau être bien fait et utile, l'éditeur hésite toujours, si l'impression est coûteuse, la vente pénible et la concurrence redoutable. Le propriétaire, toujours intéressé aux réimpressions, entrerait en partage des frais, contribuerait à la vente, rassemblerait au besoin des souscriptions, stimulerait le zèle des amis de la science. Il ferait plus encore que tout cela, par sa seule qualité de propriétaire : il supprimerait la concurrence. C'est ce qu'oublient trop ceux des amis de la propriété littéraire qui croient tout sauvé, si la loi permet au premier venu d'éditer tous les ouvrages, à la seule condition de rémunérer la famille de l'auteur. On voit tous les jours s'épuiser de grands et excellents ouvrages, désirés par tous les savants, mais peu faits pour attirer la foule. Personne n'ose les imprimer, parce que tout le monde peut le faire. Loin donc que la présence d'un propriétaire diminue les chances de durée d'un ouvrage, il est constant qu'elle les augmente. La suppression devient probable pour un livre tombé dans le domaine public ; elle sera invraisemblable pour un livre possédé, tant que les hommes tiendront à leurs intérêts et à l'honneur de leur nom. Ceux donc qui attentent à la propriété sous ce prétexte, cèdent à la crainte d'un danger imaginaire, et courent au-devant d'un danger réel.

Il y a plus : quand même le danger de la suppression d'un livre par son propriétaire serait aussi vraisemblable qu'il l'est peu, il resterait à se demander si c'est un mal sans remède, et si cette terrible chance ne peut pas être rendue impossible. Hélas ! il n'y a rien de si facile que de la prévenir sans toucher aux bases de l'ordre social, et en usant tout uniment d'une loi que nous avons déjà mentionnée, qui existe dans nos codes, qui fonctionne tous les jours sous nos yeux, et qui s'appelle la loi d'expropriation pour cause d'utilité publique. Si le livre est utile et qu'on refuse de le rééditer, le gouvernement déclare l'utilité publique par un décret, achète le livre à dire d'experts, et le met dans le domaine public : voilà toute la difficulté vaincue et toutes les chimères dissipées. Est-il possible que le le mal soit si petit et si invraisemblable, le remède si facile, et que pour de telles raisons on propose de violer ouvertement le principe de la propriété ?

Si l'héritier d'un livre pouvait le détruire, le danger dont on nous menace aurait à toute force quelque réalité. On conçoit à la rigueur que l'héritier d'un grand écrivain soit assez désintéressé ou assez scrupuleux pour renoncer à la fois à l'illustration et au patrimoine de sa famille. Mais nous avons vu qu'on ne détruit pas un livre. On peut s'opposer à la réimpression, saisir les exemplaires restés en magasin, nuire à la vente ou la retarder : aucun effort ne va jusqu'à anéantir complétement un ouvrage dont quelques exemplaires ont été vendus. La justice elle-même y échoue; elle prend ce qu'elle peut, c'est-à-dire ce qui reste. Tout exemplaire arrivé dans une bibliothèque ou dans un dépôt public, est un exemplaire sauvé. On cite toujours, dans l'argumentation, Voltaire ; parce qu'on suppose que si l'héritage de Voltaire tombait à un chrétien fervent, cet héritier n'aurait rien de plus pressé que d'anéantir sa propre fortune. Eh bien, il serait curieux de le voir à l'œuvre. Eût-il une richesse inépuisable, un parti innombrable et tous les gouvernements pour lui, on peut hardiment le défier de tirer de sa tentative autre chose qu'un immense ridicule. Il n'est pas ici question d'un tableau ou d'une statue, que le propriétaire a dans sa main et dont il peut disposer à son plaisir. Si le détenteur d'un tableau de Raphaël le brûle, ou le mutile, c'en est fait : Raphaël est frustré d'une partie de sa gloire et l'humanité d'une partie de ses jouissances. Mais il y a quelque différence entre un tableau et un livre, entre un seul exemplaire et une édition. Nos adversaires qui oublient tant de choses, et qui ne semblent pas connaître l'existence de la loi d'expropriation pour cause d'utilité publique, ne peuvent raisonnablement ignorer que depuis la découverte de l'imprimerie, la moindre édition est de quelques milliers de volumes. Cela n'empêche pas de mourir les livres destinés à mourir, mais cela empêche de tuer les livres destinés à vivre. Quelle différence entre ce tableau unique et ces exemplaires multiples ! On aura beau reproduire le tableau par la gravure ; qu'est-ce

que cette pâle image d'un chef-d'œuvre animé et vivant? C'est là qu'est le danger; personne cependant
n'a encore imaginé de porter une loi pour que tous les
tableaux fissent retour à l'État au bout de dix ans
ou de trente ans. Serait-ce que les tableaux impor-
tent moins que les livres? Art pour art, Raphaël et
Michel Ange sont-ils si fort au-dessous de Virgile
et de Shakspeare? Quoi donc? cette faveur accordée
aux peintres et refusée aux écrivains vient-elle de
ce que l'on respecte dans le tableau la propriété de
la toile? **A** la bonne heure, qu'un mètre de toile et
cinq paquets de couleur protégent les divines œuvres
de Raphaël. C'est là, en effet, une propriété, une
vraie. Un laboureur a cultivé le lin; un tisserand a
fabriqué la toile : il faut les respecter dans leur travail et conséquemment dans leur propriété. S'il ne
s'agissait que de Raphaël, on ne le traiterait pas
mieux que Corneille et Montesquieu.

Laissons là ces terreurs. Il est évident qu'après
avoir établi que la suppression absolue d'un livre
est impossible, nous sommes dispensés de faire la
même preuve pour les mutilations et les interpola-
tions. On peut prendre des libertés avec un manuscrit et dans une édition *princeps ;* mais une fois
l'édition faite, à quelle condition peut-elle être mo-
difiée dans les éditions subséquentes? A la condition
de n'appartenir à personne. Oui, nous l'avouons,
le premier venu peut prendre des libertés avec un
ouvrage tombé dans le domaine public. Il peut le
mutiler, le surcharger, le développer, l'abréger, le
transformer, le défigurer. Qui se plaindra? On est
plus circonspect avec une propriété particulière.
La loi et le propriétaire la protégent aussi soigneusement contre une dégradation que contre un vol.
Il faudrait supposer un héritier assez insensé pour

refaire l'œuvre d'autrui. Et quel profit encore en retirera-t-il, quel dommage causera-t-il à l'œuvre primitive, s'il ne parvient pas à détruire tous les exemplaires de toutes les éditions précédentes ? C'est donc toujours la question de suppression qui se re-présente, c'est-à-dire, comme nous l'avons démon-tré, une hypothèse impossible.

V

Reste l'augmentation de prix. On nous a fort gravement expliqué le dommage que souffriraient les lettres si la famille d'Homère, à laquelle il con-vient sans doute d'ajouter ses ayants cause, pouvait faire la loi aux éditeurs et les obliger à hausser le prix de l'*Iliade*. Il nous sera permis de ne pas remonter jusqu'à la guerre de Troie, et de songer uniquement aux nouveaux Homères et aux nouveaux Virgiles que l'avenir nous tient en réserve. Nous sommes aussi jaloux que personne de faire jouir l'humanité de leurs chefs-d'œuvre, et de l'en faire jouir à bon marché ; et c'est pourquoi nous demanderons tout d'abord qu'on ne nous parle plus d'un propriétaire faisant la loi au public. Il existe une science qu'on appelle l'économie politique, et qui a passablement démontré que la valeur vénale des objets n'est pas tout à fait aussi arbitraire que le vulgaire le pense. Passe encore pour un tableau, parce qu'il est uni-que ; mais quand il s'agit d'une édition, ou, mieux encore, de plusieurs éditions consécutives, la chose se passe un peu différemment. Puisque tout le monde le sait, nous nous bornons à demander avec modestie que personne ne fasse semblant de l'igno-

rer. Quand bien même nous n'aurions pas le droit
d'invoquer l'autorité des économistes, nous ne lais-
serions pas de voir ce qui se passe sous nos yeux
dans toutes les transactions entre auteurs et éditeurs. Il arrive tous les jours qu'un livre tombe
dans le domaine public, et se vend le même prix
que la veille : il suffit, pour s'en assurer, de consulter un catalogue. L'éditeur gagne un peu plus,
mais, en revanche, n'étant plus assuré contre la
concurrence, il court de plus grands risques. Ce
sont des vérités élémentaires. Au point de vue éco-
nomique, la suppression du droit d'auteur n'a donc
pas d'autre résultat que de procurer à l'éditeur un
bénéfice aléatoire ; et le public, dont on se préoc-
cupe tant, n'y gagne rien.

Nous avouerons bien volontiers que certains ouvrages vendus d'abord très-cher, se donnent ensuite
à vil prix. Mais ce sont des livres de mode qui pro-
fitent d'un engouement passager. Il y a aussi des
livres dont on tient toujours les prix élevés, parce
que la vente en est nécessairement restreinte. Quel
que soit le prix que l'éditeur en obtienne, il est
rare qu'il fasse, en les publiant, une bonne spéculation. L'impression d'un livre comprend deux
sortes de frais : les frais fixes, c'est-à-dire la composition, et les frais proportionnels, c'est-à-dire le
papier et le tirage. La composition pèse d'autant
plus lourdement sur chaque exemplaire, que le
nombre de volumes tirés est plus restreint. Si, par
exemple, la composition coûte 3000 fr., et qu'on
ne tire qu'un seul volume, il coûte 3000 fr., plus
une somme très-minime qui représente le prix du
papier et de diverses manutentions sans importance ;
si on en tire deux, ils coûtent 1500 fr. ; si on en tire
trois mille, ils coûtent un franc ; si le volume est cli-

ché et que l'on tire par dizaines de mille, les frais
fixes finissent par disparaître, c'est-à-dire qu'ils
tombent à une quantité négligeable, et que le coût
de chaque exemplaire se réduit à l'encre et au papier : car le tirage lui-même n'est presque rien.
Il en résulte que l'intérêt de l'auteur et de l'éditeur
n'est pas de vendre peu et cher, mais de vendre
beaucoup et à bon marché. Nous ne sommes plus
au temps des copies manuscrites et de la presse à
bras, ni aux premiers débuts de l'imprimerie. Aujourd'hui, avec les presses mécaniques et le cli-
chage, on a de tels moyens de reproduction, que les
éditions à petit nombre ne se comprendront bientôt
plus que pour les fantaisies d'amateurs ou les ouvrages tout à fait spéciaux. La librairie a donc besoin de créer des acheteurs; elle est donc contrainte
au bon marché, car il n'y a que le bon marché qui
attire la foule. Il n'en est pas des livres comme du
blé : les accapareurs de blé peuvent quelquefois
produire une hausse factice, momentanée; mais s'il
faut toujours acheter le blé coûte que coûte, on peut
à la rigueur se passer de livres, et surtout d'un
livre déterminé, quelque utile ou excellent qu'il soit.
Disons-le donc fermement : le bon marché du livre
est un fait acquis, le progrès aura lieu en ce sens ; le
droit d'auteur, établi sur une grande quantité d'exemplaires, sera pris sur les bénéfices de l'éditeur, et dans
tous les cas restera imperceptible pour le public.

VI

Si vous rendez aux hommes de lettres la propriété de leurs œuvres, nous dit-on, ils vont aussitôt
l'aliéner ! Ce sont des imprévoyants et des beso-

gneux, qui, pour quelques écus comptants, transmettront d'un trait de plume tous leurs droits à des éditeurs. Prenez garde d'avoir voulu assurer le nécessaire aux grands écrivains, et de n'avoir réussi qu'à enrichir leurs libraires.

Il faudrait pourtant choisir entre les différents reproches qu'on adresse aux gens de lettres. Tantôt on les accuse de tenir à l'argent, et tantôt on leur impute de le prodiguer et de n'en pas connaître le prix. C'est une erreur de juger le monde littéraire par la bohème littéraire. Ce nom d'homme de lettres va bien loin et descend bien bas. Il est rare que ceux qui ont du talent n'aient pas aussi de la conduite. On dirait, à entendre ces jérémiades, que les hommes qui ont le plus honoré notre pays depuis la Révolution, à la tête des parlements et des ministères, ne sont pas sortis des rangs de la littérature. Pour quelques écrivains de bas étage qui trafiquent de leur plume et demandent au scandale le succès qu'ils ne sauraient attendre de leur talent, il y a en foule autour de nous des hommes d'honneur, d'ordre et de probité, qui ne se contentent pas d'éclairer, de guider et de charmer leurs contemporains, et qui en même temps savent aussi bien que personne conduire leurs affaires, défendre leurs intérêts, tenir leur rang dans le monde, et commander autour d'eux l'estime et le respect. Nous faisons cette apologie pour répondre à d'indignes diatribes; car, au fond, nous pourrions demander quelle est cette prétention de dépouiller les gens de leurs droits, sous prétexte qu'ils sont incapables de les faire valoir. Entend-on traiter les écrivains comme les anti-abolitionistes traitent les nègres, à qui ils refusent la capacité d'être des hommes, pour ne pas être obligés de leur accorder la liberté?

VII

On affecte d'être très-embarrassés par les difficultés légales. La propriété littéraire est, dit-on, nécessairement indivise. S'il y a plusieurs héritiers, comment se mettront-ils d'accord pour publier ou ne pas publier, pour faire ou permettre des modifications et des retranchements, etc. ? Puisque ces graves difficultés n'empêchent pas de faire durer la propriété trente ans, elles ne s'aggraveront pas les années suivantes. Il y a en France assez d'autres propriétés indivises par leur nature: il y a par exemple, les fabriques, les mines, les grandes maisons de commerce, les grandes agences d'affaires, qui sont tous les jours l'objet d'une licitation ou d'un partage. Personne jusqu'ici n'a encore songé à déshériter les héritiers pour leur épargner les embarras de la succession. Ce ne sont là, s'il faut dire le mot, que des subtilités amoncelées à plaisir. La question en elle-même est des plus simples. La propriété littéraire est une propriété au même titre et de la même façon que toutes les propriétés. Il n'y a donc qu'à le déclarer. Il le faut pour obéir à la logique, et pour ne pas éterniser une discussion dans laquelle, en croyant de bonne foi n'attaquer qu'une des formes de la propriété, on fournit des arguments aux adversaires de la propriété elle-même.

VIII

Il serait aisé de prouver que la reconnaissance
de la propriété littéraire, au lieu de profiter uniquement aux auteurs, comme on ne cesse de le dire,
profiterait à la littérature ; que les éditions seraient
plus nombreuses et incomparablement mieux soignées ; qu'il n'y a peut-être pas d'autre moyen de
revenir aux longs et sérieux travaux d'érudition, et
qu'il n'y en a certainement pas d'autre de relever
l'art de l'imprimerie. Quand la reproduction des
livres était difficile, et conséquemment les livres
rares, on travaillait lentement sans redouter la
concurrence. Un savant donnait sa vie, un imprimeur surveillait une publication avec amour ; la
république des lettres, comme on disait alors, s'y
intéressait tout entière. Les Étiennes et les Elzévier,
pour ne citer que les anciens, se seraient crus
déshonorés, si un exemplaire imparfait était sorti
de leurs presses. Le livre fait, on le présentait
partout comme un objet d'art, indépendamment
de sa valeur scientifique et littéraire ; les vrais
amateurs n'avaient pas besoin de voir la signature
pour connaître sa provenance. Aujourd'hui les
grandes maisons d'imprimerie et de librairie ne
sont guère connues que par les innombrables produits qu'elles jettent journellement sur la place. Il
est rare que les caractères soient nets et élégants,
les textes soigneusement et intelligemment relus,
la justification réglée avec goût, le papier plein et
solide. Tout sent la spéculation et la hâte, ou, di-

sons mieux, tout sent la concurrence. Pendant qu'on imprime un livre tombé dans le domaine public, on a toujours à craindre que le même ouvrage ne s'imprime à côté, et la seule ressource est de lutter de vitesse.

IX

Les efforts de nos adversaires pour séparer la cause de la propriété littéraire de la cause même de la propriété sont donc vains. Ils n'allèguent aucune différence ; s'il y en a, elles sont en notre faveur. Leurs objections ne roulent que sur des malentendus ; ils voient des impossibilités où il n'y a pas même de difficultés. Il reste établi contre eux que la propriété littéraire a la même origine, la même base, la même importance que toutes les propriétés ; que le travail du savant, du littérateur et du poëte est aussi respectable que celui de l'ouvrier et du commerçant ; que l'écrivain a des droits imprescriptibles sur son œuvre, et qu'il est à la fois inique et absurde de lui en contester la propriété, quand on ne cesse d'exalter les droits du travail et de démontrer à tout venant qu'attenter à la propriété c'est attenter à la liberté du travailleur. Pour priver l'auteur de la propriété de son œuvre, qu'allègue-t-on ? Rien, que les avantages qu'on espère retirer de cette spoliation. Ces avantages au moins sont-ils réels ? Pas du tout. La suppression d'un livre n'est plus possible dès qu'une fois le livre est publié. En mettant toutes choses au pire, l'héritier malveillant ne peut, tout au plus, que retarder la réimpression. Contre ce danger si restreint, si invraisemblable, on a la ressource de l'expropriation pour cause d'utilité publique. Si cette ressource ne paraît pas suffisante, rien n'empêche d'imiter la loi danoise qui autorise sans formalités la réimpression de tout livre épuisé depuis cinq ans, ou la loi anglaise, d'après laquelle le Conseil privé peut autoriser la réimpression d'un ouvrage que le représentant de l'auteur a refusé de publier de nouveau après l'épuisement de la précédente édition; loi excellente, et d'autant plus excellente que depuis deux cents ans qu'elle existe, elle n'a jamais été invoquée. La mutilation n'est plus à craindre quand la suppression est impossible. Une fois le public en possession d'une édition correcte, qu'est-ce qu'une édition mutilée ? Ce n'est qu'une mauvaise édition et une mauvaise spéculation : la gloire de l'auteur est à couvert; les plaisirs du public sont préservés ; il n'y a que le propriétaire de puni. Loin d'augmenter les chances de suppression et de mutilation, la propriété les éloigne. Une chose possédée est une chose protégée. Les alarmes sur ce pauvre public obligé de payer éternellement des droits d'auteur, et d'acheter des livres à des prix exagérés, ont vraiment de quoi surprendre quand on sait à quoi se réduisent les droits des auteurs vivants. Il faut être un auteur en renom, avoir la vogue, pour obtenir 50 centimes de droits sur un volume coté 3 francs 50 cent. dans les catalogues. L'auteur vivant ne fait pas la loi au public, et l'auteur mort ne la lui fera pas davantage. Au contraire, c'est le public qui fait la loi aux auteurs et aux éditeurs. C'est en multipliant les livres et non pas en les vendant cher, que les libraires font des bénéfices. Que la propriété littéraire soit ou non reconnue, cela ne produira aucun mouvement de hausse ni de baisse dans les prix de la librairie. Nos adversaires le savent comme nous ; et quand ils se vantent de multiplier les livres et de les donner à bon marché, ils combattent sous de fausses couleurs. Le seul résultat pour le public de la loi que nous demandons sera celui-ci : plusieurs livres qui n'auraient pas été réédités, le seront ; l'art typographique renaîtra, et il y aura un plus grand nombre d'éditions élégantes et correctes.

Quant aux auteurs, voici ce qu'ils y gagneront : ils jouiront d'un droit au lieu d'un privilége ; ils seront définitivement mis à l'abri des caprices de la législation et des inconvénients d'une mauvaise loi, et enfin ceux d'entre eux qui font des livres dignes de la postérité, seront récompensés par la postérité, ce qui est apparemment de toute justice.

X

Personne ne contestera que la loi actuelle soit mal faite ; mais ce qu'il importe de remarquer, c'est qu'elle ne peut pas être meilleure. La seule ressource est de la supprimer, et de la remplacer par la reconnaissance formelle de la propriété littéraire, c'est-à-dire de la propriété perpétuelle. Dix ans, vingt ans, trente ans, cinquante ans, quelque chiffre qu'on choisisse, et quelque habileté qu'on y mette, ne feront jamais que consacrer les plus choquantes inégalités. La première de toutes, c'est la mort. La loi fait présent à l'auteur de la propriété de ses propres œuvres pendant sa vie et trente ans de plus. Il n'y a que les trente ans d'assurés ; le reste est une loterie. Dure condition pour les familles ! car au malheur de perdre un père, elle ajoute l'interdiction

d'exploiter ses œuvres au bout de quelques années.
Dure condition aussi pour les vivants ! car cette in-
certitude pèse sur toutes les transactions. Si le livre est
d'un prompt débit et que le libraire n'achète qu'une
édition, il ne tient pas compte des chances de vie
de l'auteur ; mais si l'écoulement doit être lent, ou
si le libraire achète la propriété indéfinie de l'œuvre,
il doit nécessairement calculer combien de temps
durera l'exploitation. Ainsi la limitation de la durée
n'a pas seulement pour effet de spolier les familles ;
elle restreint les bénéfices de l'auteur vivant. Un
auteur âgé ou malade vend plus difficilement ses
œuvres qu'un auteur jeune et bien portant. S'il est
célibataire et arrivé au terme de la vieillesse, l'éditeur
hésite à contracter avec lui pour des sommes impor-
tantes, parce qu'il n'est pas sûr d'avoir couvert ses
frais au bout de dix ans. Passe encore pour des livres
dont l'impression est peu dispendieuse ; mais s'il
faut employer le graveur, dépenser vingt ou trente
mille francs, quel libraire osera se risquer ? Gluck
avait soixante ans quand l'*Iphigénie* fut représentée :
un éditeur habile ne lui aurait pas payé cher la par-
tition. Pour savoir ce que vaut une œuvre sur le
marché, il ne suffit pas de l'étudier en elle-même ;
il faut connaître les infirmités de l'auteur, ses ha-
bitudes, ses passions, consulter son acte de nais-
sance. On fera bien de demander aussi son contrat
de mariage : car si la femme est commune en biens,
elle hérite sa vie durant des droits de son mari, ce qui
parfois augmente beaucoup les chances favorables à
l'éditeur. Un vieillard, qui voudra obtenir un bon
prix de ses œuvres complètes, n'aura qu'à se marier
à une toute jeune fille. Ces détails semblent grotes-
ques : tant pis pour la loi qui les rend nécessaires.
Il y a des ouvrages qui demandent toute une vie ;

quand l'auteur a passé quarante, cinquante ans dans son cabinet, au milieu des privations ; quand il a usé ses yeux sur les manuscrits, épuisé sa santé par un travail opiniâtre, il n'a pas même l'espérance de léguer une fortune à ses enfants, qui se verront dépossédés au bout de trente ans, quoique l'œuvre ait encore plus d'un siècle de succès assuré. Nous avons eu récemment des exemples d'opéras joués précisément le jour où expirait le privilége du compositeur ; la famille avait la consolation de voir la salle pleine, et de penser que *l'impresario* s'enrichissait. Cet exemple est bon, il mérite qu'on s'y arrête. Sans la propriété limitée, le public n'aurait pas attendu vingt ans pour jouir d'un chef-d'œuvre. Une fois l'opéra tombé dans le domaine public, non-seulement on est libre de le jouer sans payer, mais on est libre aussi de le modifier. Le directeur et les chanteurs peuvent changer ou supprimer des airs ; ils peuvent aussi en intercaler, personne n'a rien à y voir. Voilà un cas où la limitation de la propriété ne paraît pas très-favorable au respect de l'art et aux plaisirs du public. Et à qui sert cette limitation ? Au profit de qui la famille est-elle dépouillée ? Au profit d'un directeur d'opéra. Qu'on joue Rossini ou Gluck, Meyerbeer ou Hérold, le prix des places n'est pas modifié. Ainsi la loi fait gratuitement du mal.

C'est un fait qu'il pourrait y avoir et qu'il y a probablement dans le monde des descendants de Mozart, de Corneille et de Racine qui manquent du nécessaire. Que d'autres essayent de s'en consoler en disant que la masse du public en profite. D'abord, cela n'est pas vrai. Mais quand cela serait vrai, les gens de cœur, les amoureux du grand art en prendraient malaisément leur parti. Nous savons qu'on

se débarrasse avec une aumône de ces gloires rui-
nées : il semble voir le descendant d'une grande
famille, spolié par quelques fripons, mendier à la
porte du château de ses ancêtres ! Non-seulement la
loi actuelle frappe les grands écrivains dans leur
postérité, mais elle ne frappe qu'eux seuls : c'est
encore un de ses brillants côtés. Les auteurs médio-
cres, qui voient leurs livres mourir avant eux, n'ont
rien à perdre au déni de justice dont les lettres
sont depuis longtemps l'objet. Tous ces reproches
d'avidité dont on les poursuit passent par-dessus
leurs têtes ; ou plutôt, il est vrai, ils sont avides,
mais ils le sont pour leurs maîtres, qu'ils ne laisse-
ront pas dépouiller d'un droit sacré, sans protester
au nom de la raison et de la justice.

A part quelques exceptions brillantes, la carrière
des lettres sera toujours, pour ceux qui s'y livrent,
plus glorieuse que lucrative ; et quoi qu'on fasse pour
les écrivains vraiment dignes de ce nom, leur travail
et leur génie ne les conduiront le plus souvent qu'à
une fortune médiocre. Il est de l'intérêt de la société
tout entière que cette médiocrité au moins leur soit
assurée, et qu'ils ne se voient pas contraints de demander le pain de leurs enfants à des travaux sans
valeur ou à de tristes complaisances. Pour que le génie soit bienfaisant, il faut que l'homme de génie soit
indépendant.

Telles sont les principales raisons qui nous font
désirer la reconnaissance définitive et la consécra-
tion de la propriété littéraire. Un accroissement
de privilége serait une victoire pour les ennemis
de notre cause, et laisserait à d'autres l'honneur
d'attacher leur nom à la grande charte de la littérature et des arts. Si l'on veut faire quelque chose de

grand et de durable, il faut laisser là les demi-
mesures, qui ne sont au fond que des dénis de
justice, et reconnaître hautement et résolûment le
principe. N'est-il pas étrange que, depuis le temps
qu'on s'en occupe, on n'ait osé en France ni le
nier, ni le proclamer ?

Nous espérons fermement que la Commission or-
ganisée pour constituer la propriété littéraire répondra à la question qui lui est posée par ces paroles de l'Empereur qui contiennent toute la loi :
« L'œuvre intellectuelle est une propriété comme
une terre, comme une maison ; elle doit jouir des
mêmes droits, et ne pouvoir être aliénée que pour
cause d'utilité publique. »

Paris. — Imprimerie de Ch. Lahure et Cⁱᵉ, rue de Fleurus, 9.

OUVRAGES

RELATIFS A LA PROPRIÉTÉ LITTÉRAIRE ET ARTISTIQUE

Propriété littéraire (la) au XVIII⁰ siècle. Recueil de pièces et
de documents publié par le Comité de l'association pour la défense de la propriété littéraire et artistique, avec une introduction et des notes par M. Éd. Laboulaye, de l'Institut, et
M. G. Guiffrey, avocat. 1 vol. 10 fr.

Lettre historique et politique adressée à un magistrat sur
le commerce de la librairie, par Diderot. Ouvrage inédit publié
par le même Comité, avec une introduction par M. G. Guiffrey,
avocat à la cour impériale de Paris. In-8. 2 fr. 50 c.

De la propriété littéraire en France et en Angleterre,
par M. Édouard Laboulaye. 1 vol. in-8, 1858.

**Du droit héréditaire des auteurs et des erreurs du Con-
grès de Bruxelles**, par M. Jules Mareschal. 1 vol. grand
in-8.

**Mémoire à consulter sur la question juridique de la
propriété perpétuelle et héréditaire des œuvres de
l'esprit**, par le même. 1 vol. grand in-8.

La propriété intellectuelle; par MM. Fréd. Passy et Par-
lotet, avec une préface de M. Jules Simon. 1 vol. in-12.

Paris. — Imprimerie de Ch. Lahure et Cⁱᵉ, rue de Fleurus, 9.

9 782013 026826